OBJETS D'ART

DE LA

CHINE

AVRIL 1913

OBJETS D'ART

DE LA

CHINE

AVRIL 1913

CATALOGUE

DES

Porcelaines de la Chine

des époques Ming, Kanghi, Youngching, Kienlong, etc.

Peintures Chinoises

Bronzes et Émaux cloisonnés Chinois

Paravents

en Laque de Coromandel, Laques et Étoffes

Robes brodées

Tapis, etc.

===

Dont la vente aura lieu à l'HOTEL DROUOT, Salle n° 7

Les LUNDI 7 et MARDI 8 AVRIL 1913

à 2 heures

COMMISSAIRE PRISEUR :
Me F. LAIR-DUBREUIL
6, RUE FAVART

EXPERT
M. André PORTIER
24, RUE CHAUCHAT

chez lesquels se distribue le présent catalogue

Exposition Publique
à L'HOTEL DROUOT
Salle n° 7

Le DIMANCHE 6 AVRIL 1913, de 2 h. à 6 heures

CONDITIONS DE LA VENTE

Elle sera faite expressément au comptant.

Les acquéreurs paieront 10 pour 100 en sus des enchères.

L'expert assistera à l'Exposition publique et se tiendra à la disposition de MM. les Amateurs qui auraient un renseignement à lui demander ou des ordres d'achat à lui confier.

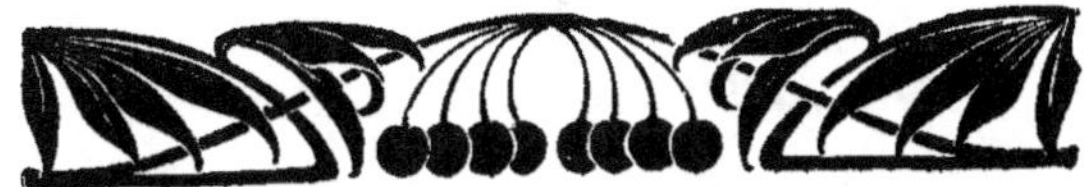

Porcelaines de la Chine

ÉPOQUE MING

1. — Groupe poterie, cavalier, émaux jaunes et verts.

2/3. — Deux figures en poterie émaillée, vert et jaune, représentant des Pa'hsien.

4. — Un groupe en céladon, représentant une divinité dans un rocher, entourée de deux assistants.

5/6. — Deux figures en poterie céladon, représentant deux génies.

7/8. — Deux vasques en poterie à couverte céladon, à décor de nuages et de diagrammes.

9. — Petit vase de forme ovoïde en poterie à couverte crème craquelée.

10. — Une paire de potiches Ming, à décor de peysages et d'animaux.

11. — Une paire de potiches Ming, à décor d'enfants jouant au milieu de chrysanthèmes stylisés.

12 à 24. — Petites potiches, à panse arrondie, à décor de chimères et de fleurs, en émaux rouges, verts et or.

25/6. — Deux paires de petits pots couverts, trois couleurs, Ming.

27. — Petit vase cornet, à décor de personnages se promenant au milieu des rochers.

28 à 31. — Cinq petits vases de forme tubulaire, à décor fleuri. Trois couleurs.

32. — Une paire de magots, debout, accompagnés d'un petit serviteur et tenant un vase.

33/4. — Deux magots variés.

35. — Un magot debout, tenant un vase.

ÉPOQUE KANGHY

36. — Une vasque en porcelaine blanche décorée en émaux bleus de grues au milieu des nuages et d'arbres divers.

37. — Un vase rouleau céladon, décoré en relief d'émaux bleus de daims et de grues.

38. — Un vase cornet, à décor de fleurettes sur un fond quadrillé rouge.

39/40. — Deux brûle-parfums en porcelaine blanche, décorés, en émaux bleus, de personnages et d'attributs divers.

41. — Petit groupe représentant la Vierge et l'Enfant-Jésus. Trois couleurs.

42. — Un vase de forme tubulaire à col court, en pâte crème craquelée.

43/4. — Un vase pitong et une petite potiche en porcelaine bleu et blanc.

45. — Un vase pitong, décoré en polychromie, de dragons dans les nuages.

46/7. — Trois perroquets, dont deux formant paire, en émaux vert, jaune et aubergine.

48. — Un pot rond, céladon gravé sous couverte, de dragons au milieu des nuages.

49 à 52. — Quatre paires de chimères, trois couleurs.

53/54. — Trois théières, dont deux formant paire, en forme de pêche, en porcelaine céladon avec émaux bruns et bleus.

55. — Un vase en forme de cornet, rouge haricot (marqué Ming).

ÉPOQUE YOUNCHING

56 à 58. — Trois pots ronds, décorés sur fond jaune, de motifs fleuris stylisés avec réserves de médaillons variés.

Famille rose

59. — Un pot rond, en porcelaine blanche, décoré de motifs fleuris et de papillons.

Famille rose

60. — Un vase tubulaire, en porcelaine bleu et blanc, à décor d'arbres et d'oiseaux.

61. — Un vase forme de deux vases conjugués, en céladon craquelé.

62. — Un pot à riz, à décor de fleurs, d'oiseaux et de papillons.

Famille rose

63. — Une petite potiche décorée de motifs fleuris polychromes et de médaillons réservés sur fond jaune.

Famille rose

64. — Une petite potiche, à décor fleuri.

Famille rose

65/6. — Deux vases pitong, à décor de leurs stylisées.

Famille rose

67. — Une petite potiche, à décor fleuri, de chrysanthème.

68. — Un pot rond à couverte rouge haricot.

69 à 71. — Trois petits vases, à décor fleuri.

Famille rose

72. — Petit vase en forme de cloche en porcelaine, bleu et blanc.

73 — Vase en forme de bouteille, à décor bleu et blanc, pêches de longévité et palmes.

74. — Vase à panse ovoïde, à décor de phénix au milieu des fleurs.

Famille rose

75. — Pitong en porcelaine, bleu et blanc, à décor d'arbustes divers.

76. — Un petit vase, à décor de fleurs et de papillons.

Famille rose

77. — Un pitong hexagonal, à décor fleuri.

78. — Petite potiche ronde, à décor d'enfants jouant.

79. — Petit vase à couverte rouge manganèse, avec oxydations d'argent.

80. — Un cornet-coupe en porcelaine, bleu et blanc, à décor de chimères
au-dessus des flots.

81. — Un pot rond, à couverte gris bleu, à petites craquelures.

82. — Un vase de forme tubulaire, à couverte céladon.

83. — Une coupe à pinceaux en porcelaine flambée.

84. — Petite potiche, à décor de personnages et de fleurs.

Famille rose

85. — Une théière, décorée, en émaux polychromes, d'enfants jouant.

86. — Un petit vase en porcelaine blanche, gravé sous couverte, de motifs fleuris.

87. — Un vase à panse ovoïde, en porcelaine gris bleu.

88. — Un vase en forme de bouteille, en porcelaine, à émaux bleus clairs.

89. — Une bouteille à large panse, le col coupé, flambée bleu.

90. — Un vase à panse piriforme, en porcelaine bleu soutenu.

91. — Une bouteille bleu turquoise.

92. — Un brûle-parfums rouge haricot flammé.

93. — Une bouteille à couverte bleu foncé (marqué Ming).

94. — Un vase à col large et évasé, portant deux anses ajourées, en porcelaine bleue.

95. — Un autre vase, de forme et de couverte similaires.

96. — Un vase cornet en céladon gravé, sous couverte, de rinceaux fleuris.

97. — Une potiche à couverte crème, décorée en léger relief de motifs fleuris.

98. — Une bouteille piriforme, en flambé rouge et violet.

99. — Une potiche décorée, sur fond blanc, de deux phénix au milieu des fleurs.

Famille rose

100. — Une grande potiche couverte, en porcelaine bleu et blanc, à décor de motifs fleuris.

101. — Une potiche céladon, gravée de palmes et de diagrammes. L'épaulement porte deux mascarons à têtes chimériques, avec anneaux fixes.

102. — Une bouteille à couverte bleu aubergine.

103 à 105. — Trois petits vases turquoise.

106/7. — Deux bouteilles à couverte bleu aubergine.

ÉPOQUE KIENLONG

108. — Une bouteille en porcelaine bleu et blanc, à décor de dragons dans les nuages.

109. — Un vase à panse hexagonale en porcelaine bleu fouetté rehaussé d'or, à décor de paysages maritimes et de motifs fleuris.

110. — Une bouteille de panse ovoïde, en flammé bleu et rouge.

111. — Un vase à panse ovoïde, portant deux anses en tête d'éléphant. Porcelaine bleu et blanc, à décor de palmes.

112. — Un vase de forme quadrilatérale, décoré sur un fond de fleurs d'oiseaux et de papillons et de deux médaillons offrant des poissons sortant des flots.

113. — Un pot rond décoré sur un fond ciel de fleurs, de fruits et de papillons.

114. — Une bouteille décorée, en émaux bleus et manganèses, de trois chimères jouant avec la boule du monde.

115. — Un vase flanqué de deux anses, en porcelaine bleu et blanc, à décor d'écureuils dans la vigne.

116. — Un vase de forme quadrilatérale, en porcelaine céladon, à décor de diagramme.

117. — Petite potiche blanche, décorée sous couverte de motifs fleuris en bleu clair.

118. — Une bouteille à couverte bleu cendré, décorée en relief d'émaux blancs d'ornements stylisés.

119. — Un vase balustre, hexagonal, à couverte bleu cendré, décoré en émaux bleus, de bambous.

120. — Un vase balustre, hexagonal, décoré sur fond céladon de motifs fleuris en émaux manganèses et bleus.

121. — Un vase, à panse ovoïde, à couverte rouge flammé.

122. — Un vase de forme quadrilatérale, décoré sur un fond verdâtre d'un motif vermiculé bleu. Deux anses mascarons à têtes de chimères.

123. — Vase formé de deux vases conjugués, en porcelaine bleu et blanc, à décor de paysages matimites. Deux anses à têtes d'éléphants.

124. — Jolie bouteille décorée sur fond bleu de motifs fleuris stylisés réservés en blanc. Au col, un décor de palmes.

125. — Bouteille à couverte noire.

126. — Vase en forme de bouteille, décoré d'animaux divers au milieu des fleurs. Deux anses à têtes d'éléphants.

127. — Une vasque en porcelaine céladon, gravée sous couverte de motifs fleuris.

128. — Un vase, décoré sur fond vert gravé de motifs fleuris, de la famille rose.

129. — Une paire de vases, décorés sur fond turquoise de motifs fleuris polychromes.

130. — Vase de forme quadrilatérale, à décor de grues dans un pin.

131. — Petit pot couvert en porcelaine bleu fouetté.

132. — Vase en porcelaine blanche, décoré en émaux polychromes des Pa'hsien au milieu d'un jardin fleuri.

133. — Vase de forme hexagonale, à décor de jeunes femmes et d'enfants jouant sur une terrasse fleurie.

134. — Madone et enfant, en blanc de Chine.

135. — Figure de Sennin boiteux, en blanc de Chine.

136/7. — Deux figures en blanc de Chine, représentant de nobles personnages assis.

138. — Chimère accroupie, en porcelaine bleue teintée clair.

139. — Deux bouteilles en forme de grotesques tenant un attribut sur leur tête. Porcelaine bleu et blanc.

140 à 144. — Six statuettes des Pa'hsien tenant des attributs divers.

145/6. — Deux paires de petites chimères accroupies.

147. — Petite figure représentant un des Pa'hsien en porcelaine, à couverte noire argentée, imitant le grès de Bizen.

148. — Petit brûle-parfums de forme quadrilatérale, supporté par quatre pieds à têtes chimériques.

149 à 152. — Quatre petits vases variés.

153. — Une bouteille à col allongé, en porcelaine bleu fouetté.

154. — Vase cornet, en porcelaine céladon, gravé sous couverte de motifs fleuris.

155/6. — Deux petits vases en porcelaine bleu et blanc, à décor fleuri.

157/8. — Un vase pitong et une petite bouteille blanche.

159. — Un vase en porcelaine blanche à très larges craquelures.

160. — Petite potiche en porcelaine polychrome, à décor de motifs fleuris stylisés.

161. — Deux pots à thé, de forme quadrilatérale, décorés en relief de vases fleuris.

162. — Vase pitong en porcelaine bleu et blanc, à décor d'habitations.

163/4. — Trois vases, dont deux formant paire, à décor de paysages et de personnages.

165. — Vase décoré en émaux bruns et bleus d'un Sennin sur une sorte de radeau allant au gré des flots.

166. — Eléphant portant une tour : porcelaine flammée.

167. — Pot rond, décoré d'enfants jouant sur une terrasse fleurie.

168. — Bouteille en porcelaine blanche, décorée, en relief, d'un dragon.

169 à 171. — Trois petits vases en porcelaine blanche craquelée.

172. — Une paire de potiches en porcelaine bleu et blanc, à décor de rinceaux fleuris stylisés. Couvercle et socle en bois sculpté.

173. — Un vase en porcelaine céladon, coupé à la panse et au col de deux zones d'ornements et de palmettes en émaux bleus.

174. — Une paire de petits pots à thé de forme hexagonale, en porcelaine bleu et blanc, à décor fleuri.

175. — Un vase à couverte rouge flammée de forme ovoïde.

176. — Un petit vase à décor d'oiseaux et de fleurs près d'un étang.

177. — Petite potiche ronde en porcelaine bleu et blanc, à décor fleuri.

178. — Grand vase à col évasé en porcelaine rouge flambée.

179. — Deux petites théières à couverte vert clair.

180 à 186. — Huit petits vases de formes variées, à couverte bleu aubergine.

187 à 190. — Quatre petits vases de formes diverses, à couverte bleu turquoise.

191. — Vase cornet, à décor de personnages devant un autel au milieu des arbres.

192. — Théière ventrue, décorée de nombreux personnages organisés en cortège.

193. — Deux petites potiches couvertes, à décor de personnages et d'habitations.

194. — Pot à riz, en porcelaine blanche finement décorée de fleurs et d'oiseaux.

195. — Deux pots ronds couverts, décorés d'oiseaux et de fleurs, sur un fond à larges rayons verticaux polychromes.

ÉPOQUE TAOKOUANG

196/7. — Trois vases de forme quadrilatérale, à décor de personnages et de poésies.

198/9. — Trois vases de forme et de décor similaires aux précédents, mais plus petits.

200/1. — Deux petits vases à col évasé, à décor de personnages.

202. — Vase à large col bulbeux, en porcelaine céladon coupé de zones bleues.

203. — Vase de forme quadrilatérale, le col garni de deux anses tubulures, en porcelaine flammée.

204. — Une vasque, décorée, sur fond jaune impérial, de dragons verts.

205. — Petit vase, décoré de deux jeunes femmes assises sous un arbre fleuri.

206 à 210. — Cinq petites théières en porcelaine blanche, à décor de personnages.

211. — Une paire de pots en forme de boules, décorés, sur fond bleu, de motifs fleuris polychromes.

212. — Une paire de boules en porcelaine blanche, sans couvercles, décorées de personnages devant un temple.

213. — Une paire de boules avec couvercles, à décor d'enfants jouant.

214. — Une paire de pots arrondis, décorés, sur fond vert, de motifs fleuris polychromes.

215. — Un pot couvert, en forme de boule de porcelaine rose, avec réserve de personnages.

216. — Un pot couvert, en forme de boule, décoré, sur fond vert, de fleurs et d'insectes divers.

217. — Un pot couvert, en porcelaine blanche, à décor de caractères et de fleurs.

218. — Un pot couvert, décoré, sur fond vert, de médaillons à personnages réservés.

219. — Une petite potiche de forme arrondie, décorée de Fong hoang au milieu des fleurs.

220. — Une potiche de forme arrondie, décorée, sur fond vert, de papillons et de fleurs.

221. — Un vase à col évasé, décoré de motifs fleuris.

COUPES, ASSIETTES ET BOLS

222. — Six petites coupes en porcelaine craquelée.
Epoque Ming

223. — Six coupes en porcelaine blanche, à décor de dragons en émaux rouges.
Epoque Kanghy

224 à 226. — Trois petites assiettes en émaux polychromes, à décors variés.
Epoque Kanghy

227. — Quatre petites coupes plates en porcelaine blanche gravée sous couverte de motifs fleuris.
Epoque Kanghy

228. — Deux coupes en porcelaine blanche, à décor de pêches.
Epoque Mungechin

229. — Un plat en porcelaine bleu et blanc, à décor d'attributs.
Epoque Kienlong

230/1. — Trois petites soucoupes, à décor fleuri.
Epoque Kienlong

232. — Deux coupes à décor de fleurs et de papillons.
Epoque Kienlong

233. — Assiette à décor de fleurs et de rochers.
Epoque Kienlong

234. — Deux assiettes plates à décor de motifs fleuris, bleus et blancs.
Epoque Kienlong

235 — Assiette à décor de fleurs et de papillons.
Epoque Kienlong

236 — Assiette bleu et blanc, à décor de chrysanthèmes stylisés.
Epoque Kienlong

237 à 241. — Cinq assiettes, à décor de fleurs et d'oiseaux, en émaux polychromes.
Epoque Kienlong

242. — Deux bols creux, à décor de fleurs et d'oiseaux.
Epoque Kienlong

243. — Deux petits bols, décor similaire.
Epoque Kienlong

244. — Deux tasses, à décor de personnages.

Epoque Younching

245. — Trois bols blancs, à décor fleuri.

246 à 248. — Trois grands bols creux, l'un en bleu et blanc, décoré des Pa'hsien ; les deux autres en émaux polychromes, à décor fleuri.

Epoque Younching

249. — Une assiette, décorée, sur fond céladon, de motifs fleuris.

Epoque Kienlong

250. — Deux assiettes, décorées, en polychromie, d'un médaillon de pêche Fantao entouré des huit emblèmes bouddhiques.

Epoque Kienlong

251. — Deux assiettes, décorées sur fond rouge et fond brun à réserve, de médaillons fleuris.

Epoque Kienlong

252. — Deux assiettes, décorées, sur fond vert de réserves, de médaillons d'animaux.

Epoque Kienlong

253/4. — Deux assiettes, décorées, sur fond bleu et fond vert, de motifs fleuris.

Epoque Kienlong

255. — Une assiette bleu fouetté, décorée, en or, d'un dragon au milieu des nuages.

Epoque Kienlong

256. — Une assiette céladon, décorée, en polychromie, des emblèmes bouddhiques.

Epoque Kienlong

257. — Quatre soucoupes céladon, à décor fleuri.

Epoque Kienlong

258. — Deux soucoupes, décorées, sur fond vert, de médaillons fleuris.

259. — Quatre soucoupes décorées, sur fond vert, de pêches.

260. — Deux assiettes, à décor fleuri.

261. — Quatre assiettes, à décor de bouquets.

262. — Deux assiettes à décor de paysages.

263. — Trois assiettes, fond céladon et motifs fleuris.

264 à 266. — Trois assiettes, à décors variés.

267/8. — Deux assiettes, à décor fleuri.

269. — Cinq soucoupes variées.

270/1. — Douze soucoupes céladon, à décor fleuri polychrome.

272. — Six soucoupes, décorées, sur fond céladon, des Pa'hsien.

273. — Six soucoupes, à décor fleuri.

274. — Quatre soucoupes, à décor de chauves-souris et de nuages.

275/6. — Quatre bols à décor fleuri.

277. — Quatre soucoupes, à décor de personnages.
Epoque Kiaking

278. — Deux bols en porcelaine verte.
Epoque Kiaking

279. — Un bol à décor de nuages et de poésie.
Epoque Kienlong

280. — Deux bols creux, à couverte extérieure rouge haricot.
Epoque Kienlong

281/2. — Deux bols creux, à décor de personnages.
Epoque Kienlong

283 à 286 — Sept bols creux variés.
Epoque Kienlong

287/8. — Deux bols creux, à décor de fleurs et d'animaux.
Epoque Kienlong

289. — Quatre petits bols creux, à décor fleuri, sur fond vert.
Epoque Kienlong

290. — Deux petites tasses, à décor de dragons et de nuages.
Epoque Kienlong

291. — Deux bols creux décorés des emblèmes bouddhiques.
Epoque Kiaking

292. — Un grand bol à fond quadrillé.
Epoque Taokuang

PARAVENTS

293. — Un paravent à douze feuilles, en laque de Foutchéou, à décor de dragons et de panneaux d'animaux divers.

XTIII^e

294. — Un grand paravent à douze feuilles, en laque de Coromandel, à décor de personnages sur des terrasses au bord des flots.

Epoque Kanghy

PORCELAINES DE LA CHINE (Suite)

294 b — Une paire de vases rouleaux, décorés, sur fond vert, de phénix au milieu des fleurs. *Socles bois.*

Epoque Kienlong — Haut 0 m. 40

295. — Un vase en forme de cornet, en porcelaine blanche, décoré du combat du tigre et du dragon. Dans le paysage sont groupés différents animaux. *Socle bois.*

Epoque Kiaking — Haut 0 m. 38

296. — Un crachoir en porcelaine bleu et blanc, à décor de paysage maritime. *Socle bois.*

Epoque Kienlong

297. — Un petit vase à panse quadrilatérale; deux faces portent des anses mascaron chimériques. Couverte fraise écrasée.

Epoque Kienlong

298. — Un porte-bouquet, en forme de tronc d'arbre, sur lequel grimpent deux chimères. Emaux cinq couleurs.

Epoque Kiaking

299. — Un porte-pinceaux de forme quadrilatérale, décoré sur les quatre faces de vases fleuris variés.

Epoque Youngching

300. — Un porte-pinceaux de forme hexagonale, à couverte corail et décor or; deux faces étant ajourées.

Epoque Kienlong

301. — Un pot à thé, de forme quadrilatérale, à face bilobée, en porcelaine verte décorée de fleurs.

Epoque Kienlong

302. — Petit brûle-parfums à couverte corail, décoré en or, du caractère
« *cheou* » longévité.

Epoque Kienlong

303. — Une petite Kouan-yin en acier blanc de Chine.

Epoque Ming

304. — Une tasse à thé en pâte céladon à larges craquelures.

Epoque Ming

305. — Un petit vase à panse ovoïde, portant deux anses boucles, à couverte bleue.

Epoque Kienlong

306. — Un petit vase en forme de cornet, en porcelaine rose, marbrée.

Epoque Kienlong

307. — Une petite bouteille en porcelaine verte, à fond gravé, décoré de
fleurs polychromes.

Epoque Kienlong

308. — Un porte-pinceaux de forme quadrilatérale, finement décoré de scènes
à personnages et de panneaux fleuris.

Epoque Kienlong

309. — Une paire de petits lions chimères, assis sur des taiko. Emaux trois
couleurs.

Epoque Kanghi

310. — Coupe ronde, en porcelaine vert concombre, finement craquelée. (*Jolie
pièce*).

Epoque Kienlong

311. — Petit vase en forme de cornet, de panse quadrilatérale, décoré de fleurs.

Famille rose
Epoque Youngching

312. — Petite coupe à jolie couverte vert concombre, finement craquelée.

Epoque Kienlong

313. — Deux petits pots ronds, en porcelaine bleu et blanc. (*Jolis socles
en bois.*)

Epoque Kienlong

314. — Une paire de petites bouteilles, décorées de trois médaillons de fleurs,
en réserve sur des fonds granités, l'un bleu, l'autre vert.

Epoque Kienlong

315. — Un petit vase, de panse quadrilatérale, décoré de bouquets fleuris.

Epoque Kienlong

316. — Un porte-pinceaux en forme de feuille, à couverte mauve.

Epoque Taokuang

317. — Une petite boîte à poudre, de forme quadrilatérale, en porcelaine verte avec réserves de panneaux fleuris.

Epoque Taokuang

318. — Un petit vase, à panse surélevée, décoré d'un singe, d'un coq et d'un serpent.

Epoque Kienlong

319. — Une petite tabatière à décor de coq et de poule.

Epoque Taokuang

320. — Trois petits vases à couverte jaune et verte.

Epoque Kienlong

321. — Une petite bouteille, à couverte bleu fouetté, à décor or de dragons dans les nuages.

Epoque Kienlong

322. — Une tabatière à panse quadrilatérale, à décor de personnages.

Epoque Kienlong

323. — Une petite bouteille à couverte rose marbrée.

Epoque Kienlong

324. — Un petit lion à couverte corail, jouant avec la boule du monde.

Epoque Kienlong

325. — Une paire de petits vases, de panse quadrilatérale, à décor de personnages. Couvercle et *socle en bois.*

Epoque Kienlong

326. — Une paire de petits vases, de forme rectangulaire, à décor de Sennin. Couvercle et *socle bois.*

Epoque Kienlong

327. — Deux petits vases appliques, en forme de personnages.

Epoque Kiaking

328. — Deux petits vases décorés d'émaux en relief, fleurs et dragons.

Epoque Kienlong

329. — Une petite bouteille plate à couverte monochrome jaune.

Epoque Kienlong

330. — Trois petits vases à couverte vert concombre.

Epoque Kienlong

331. — Deux tabatières, en porcelaine blanche, à décor des personnages, l'une Taokuang, l'autre Kiaking.

332. — Deux petites tabatières en porcelaine, l'une Taokuang, l'autre Kienlong.

333. — Une petite tabatière en porcelaine blanche, décorée en haut relief de nombreux personnages.

334. — Deux petites tabatières, décorées, en relief sur fond jaune, d'attributs divers.

Epoque Kienlong

335. — Deux tabatières en porcelaine, l'une Kienlong, l'autre Kiaking.

336. — Quatre petites tabatières en porcelaine bleu et blanc, avec réserve de médaillons polychromes.

Epoque Kienlong

337. — Une petite tabatière en porcelaine, décor de la famille rose.

Epoque Kienlong

338. — Un petit vase en porcelaine noire, à réserve de personnages en blanc.

Epoque Taokuang

339. — Une petite coupe à vin à couverte corail avec réserves bleues de chimères au-dessus des vagues.

Epoque Ming

340. — Quatre cendriers en porcelaine bleu de Sèvres, à décor or de chrysanthèmes stylisés.

Epoque Kienlong

341. — Petit cendrier, forme d'une coupe plate, portant au centre comme poignée, deux petits personnages avec un crapaud.

Epoque Kienlong

342. — Une paire de flacons tabatières en verre, décorés intérieurement de scènes à personnages.

Epoque Kienlong

343. — Une autre tabatière en verre, décorée intérieurement. Paysage et poétesse.

344. — Deux tabatières, en verre blanc opaque, décorées, en verre noir, d'ornements divers.

345. — Tabatière en verre blanc et rouge, sculpté de brûle-parfums.

Epoque Kienlong

346. — Tabatière en porcelaine, à décor de scènes de guerriers.

Epoque Taokuang

347. — Tabatière, à décor de coq et de poule.

Epoque Kienlong

348. — Une paire de petites tasses et leurs soucoupes, en émail peint de Canton.

Epoque Kienlong

349. — Un petit vase-cornet en bronze.

Epoque Sung

350. — Petite coupe avec deux anses, en jade brûlé, à décor clouté.

Epoque Han

351. — Deux plats, pouvant faire paire, en ancienne porcelaine de la Chine, famille verte, à décor d'oiseaux et de papillons dans les fleurs.

Epoque Kanghy

352. — Un grand bol creux, en porcelaine bleu et blanc, à réserve de médaillons polychromes, de fleurs et de personnages, style Louis XV.

Compagnie des Indes

353. — Deux potiches en ancienne procelaine de la Chine, à décor de dragons dans les nuages. *Socles et couvercles en bois sculpté.*

Epoque Ming

354. — Un brûle-parfums, en forme de pot rond, pouvant faire garniture avec les deux potiches précédentes.

Epoque Ming

355. — Une paire de grands vases en forme de cornets, en ancienne porcelaine de la Chine, flammée rouge.

356. — Une Kouan yin, en ancienne porcelaine de la Chine, la robe joliment décorée, dans le style Yungching, de branches de bambous.

357. — Deux vases rouleaux, à décor de personnages, dans le style de l'époque Kanghy.

358. — Un vase en forme de cornet, à décor de nombreux personnages dans une habitation.

359. — Une paire de potiches couvertes, en ancienne porcelaine de Canton, à émaux bleus, sur fond blanc craquelé, décorées au col et au pied de deux zones d'émaux bruns. Oiseaux et fleurs.

BRONZES ET ÉMAUX CLOISONNÉS

360. — Grand vase en forme de gourde plate, en ancien émail cloisonné de la Chine, décorée, sur le médaillon central, de dragons poursuivant le disque à volutes, au milieu des nuages. Au col, deux dragons en bronze forment anse.

Epoque Ming

361. — Une bouteille en ancien émail cloisonné de la Chine, décorée, sur fond turquoise, de dragons au milieu des nuages poursuivant la perle sacrée. Au col, un décor de palmes. L'épaulement porte deux mascarons à tao-tié, supportant des anneaux mobiles.

362. — Brûle-parfums en bronze cloisonné de Canton, représentant une chimère à panse arrondie.

363. — Deux vases en bronze cloisonné de Canton, avec réserves de deux panneaux à décor de paysages.

364. — Brûle-parfums en forme de cheval caparaçonné, en bronze incrusté d'or.

365. — Divinité thibétaine assise sur une sorte de monstre. Bronze à patine oxydée.

366. — Grande aiguière en émail cloisonné de la Chine. La panse tubulaire est ornée d'anneaux de bonze ciselés. Déversoir et poignée à têtes de chimères.

XVIIIe Siècle

367. — Deux autres petites aiguières de forme et de travail similaire.

Même Epoque

BOIS SCULPTÉS ET IVOIRES

368. — Groupe en bois de racine, représentant un Sennin assis sur un bœuf.

369. — Groupe en bois et ivoire, représentant un oni assis sur un taiko qu'il frappe violemment. Des petits personnages en ivoire s'enfuient épouvantés. Très fin travail.

Haut 0 m. 32

370. — Groupe représentant un oni, coiffé d'un chapeau de cour, piétinant un être humain, en tenant un autre suspendu. Un petit oni grimpé sur son épaule tient un sceptre; un autre à ses pieds, regarde la scène.

Haut. 0 m. 33

371. — Petite jeune femme se promenant, une lanterne à la main.

Ivoire Haut. 0 m. 24

372. — Jeune femme portant un fagot lié sur la tête.

Ivoire Haut. 0 m. 24

373. — Jeune femme jouant du shamisen.

Ivoire Haut. 0 m. 22

374. — Un lot de netsukés divers.

(Sera Divisé)

375. — Personnage debout, lisant, appuyé sur un bâton autour duquel s'enroule un serpent qui poursuit deux grenouilles.

Ivoire du XIXe Siècle

376. — Deux statuettes en ivoire japonais, représentant un Sennin avec un dragon et un personnage portant une hotte fleurie.

Fin du XIXe Siècle

377. — Petit personnage en ivoire, debout, semblant prononcer un discours.

378. — Deux petites chimères, en poterie.

379. — Bronze représentant un lion marchant, prêt à bondir.

379 b — Statuette en grès de Bizen, représentant un Sennin accroupi.

Haut. 0 m. 30

BRONZES DE LA CHINE

380. — Grande figure en bronze à jolie patine brune, représentant une Kouan yin assise, tenant sur ses genoux, l'Enfant, qui brandit un sceptre.

Très jolie pièce de la Fin du XVIIe Siècle   Haut. 0 m. 75

381. — Deux grandes figures en bronze, représentant deux saints personnages barbus, tenant, l'un, un insigne de commandement, l'autre, un sceptre.

Ces pièces forment avec la précédente, une trinité bouddhique.

Même Epoque   Haut. 0 m 65

382. — Figure en bronze, représentant un personnage barbu, assis, tenant d'une main un makemono,, de l'autre un sceptre. A côté de lui, sur le rocher, un vase.

Même Epoque   Haut. 0 m. 55

383. — Une paire de grands vases en bronze, à belle patine rougeâtre, reposant sur un socle fixe hexagonal. Le col supporte deux anses à tête d'éléphant.

XVII Siècle   Haut. 0 m. 55

384. — Un tambour en bronze (dit Tongkou), sans doute originaire du Sieu Tchouan.

> « Les tambours de cette forme particulière sont la production caractéristique des tribus Shan, entre le Sud-Ouest de la Chine et le Burma. Ils sont connus en Chine sous le nom de *Chu-ko Ku*, d'après un fameux général chinois, Chu-ko Liang, qui envahit les pays Shan au début du III⁰ siècle, et l'un d'eux est conservé au temple de la province de Sieutchouan. » (*Art Chinois*, de S. W. BUSHELL.)

> De forme circulaire, s'évasant, le dessus plat, décoré d'une étoile entourée de cinq zones de caractères concentriques, il porte sur les côtés quatre anneaux pour le passage des cordes de suspension.

Pièce très intéressante de l'Epoque Han (947 après J.-C.

385. — Un petit vase en bronze, piriforme, le col supportant deux anses anneaux trilobés. Bronze à patine rougeâtre.

Epoque Ming   Haut 0 m 23

386. — Un vase en bronze, à patine claire, le col évasé, orné de deux anses à têtes de chimères supportant des anneaux mobiles. Au pied, un décor de vagues.

Même Epoque   Haut 0 m. 45

387. — Petit vase en bronze, de forme tubulaire, niellé d'argent, à motif de papillons dans les bambous et les pêchers en fleurs.

Epoque Kanghy   Haut. 0 m. 15

388. — Petite statuette en bronze, représentant Vichnou.

Haut 0 m. 14

389. — Brûle-parfums, formé d'une vasque ronde, supportée par un trépied formé de branches de vignes, dont les grappes s'étalent sur la panse du brûleur.

Diam 0 m. 16

390. — Un brûle-parfums en cuivre, en forme d'une pêche de longévité enfeuillagée. Socle même matière.

Diam. 0 m. 24

391. — Petit brûle-parfums en cuivre, avec pied en étain.

392. — Brûle-parfums en bronze, à patine rougeâtre, dit *Hiang lou*.

Manque : Ta Ming Huiente

393. — Brûle-parfums en bronze, de forme demi-circulaire.

Manque : Ta Ming Huiente

394. — Deux grandes boîtes en niellure d'argent sur fer, à décor de signes du bonheur et de rinceaux fleuris.

Nielle Coréen

395. — Deux autres boîtes similaires, plus petites.

Nielle Coréen

396. — Deux autres boîtes similaires, plus petites

Nielle Coréen

397. — Une boîte de forme octogonale, niellée d'argent, décorée d'un guerrier à cheval passant aux pieds de hautes collines.

Début du XVIII

398. — Autre boîte octogonale, d'un travail similaire, décorée d'un dragon dans les nuages.

399. — Boîte ronde, en brone niellé d'argent, décorée sur le couvercle d'une scène de chasse et sur le pourtour de quatre scènes variées.

Même Epoque

400. — Petite coupe présentoir en émail cloisonné chinois, à décor de fleurs.

401. — Six gobelets en émail cloisonné chinois, à décor de dragons dans les nuages.

402. — Grand vase en bronze, à large panse, ciselé, en haut-relief, d'un dragon dont la tête saille fortement.

Très jolie pièces provenant de la Vente Goncourt Haut. 1 m. 10

403. — Jolie statuette en bronze à patine noire, représentant la Kouan yin de la mer assise sur un rocher entre deux attributs.

Pièce intéressante du XVIII Haut. 0 m. 45

404. — Deux boîtes en bois laqué rouge, avec motifs décoratifs appliques en cuivre, dites « Boîtes de Mariage » ou « toilettes de mariage ».

Lorsqu'une femme coréenne se marie, il est d'usage que sa famille lui fasse cadeau de cette boîte où se trouve réuni tout un nécessaire de toilette.

405. — Deux chandeliers en bronze, en forme de bouquets d'iris.

ÉTOFFES DIVERSES

406. — Un porte-bébé lolo.

> *Les femmes lolo (peuplade arborigène du Yun nan) ont l'habitude de porter leurs bébés sur le dos, au moyen de ce genre de sac qu'elles fabriquent elles-mêmes en tapisserie et broderie.*

407. — Deux robes d'acteurs chinois, en soie brodée, or et argent.

408. — Neuf robes de femmes chinoises, en soie brodée.

409. — Une robe de femme chinoise, en toile brodée.

410. — Quatre panneaux en broderie tonkinoise, sur soie.

411. — Paravent chinois, à huit feuilles de soie peinte, représentant des scènes de chasses.

PEINTURES CHINOISES

412. — Joueur de flûte.

Peinture chinoise sur soie, de la dynastie Tsing

Artiste : *Ing Piaotseu.*

> Traduction de l'inscription : *Ing Paiotseu a peint ceci dans le Tsing Lieu Che* (salle du nénuphar vert).

> *5e lune, 12e année de Kientong.* (1748)

413. — Aigle et Ours.

Peinture chinoise sur soie, connue sous le nom de Inghiong-t'ou (peinture de l'aigle et de l'ours).

Artiste : *Lin Tchong Sseu.*

> Traduction de l'inscription : *D'après le modèle dessiné par l'homme de la dynastie Tang (Pa-hou, 1er dessinateur des Tang) Lin Tchong a peint ceci.*

414. — Pagode de jade vert.

Peinture chinoise sur papier.

Artiste : *Houang Ts'iûeu.*

> Traduction de l'inscription : *Houang, de la dynastie des Tang (120-907) a fait cette peinture au début du printemps de l'année Yimao.* (Ce qui correspondrait aux années 679, 739, 799 ou 859 ap. J.-C.).

415. — Les huit génies.

Peinture chinoise sur soie, connue sous le nom de Pa hien t'ou.

Artiste : *Yen Wen Kouei.*

> Traduction de l'inscription : *Wen Yen Kouei a peint ceci avec respect.*
>
> Note chinoise : *Objet précieux, véritable peinture (les huit génies de la tour de Jade vert) faite par Wen Yen Kouei.*

416. — Dragon et Tigres.

Peinture chinoise sur soie, connue sous le nom de Long Hou t'ou (peinture du dragon et du tigre).

Artiste : *Mi pei,* de la dynastie Soung (960-1127).

> Note chinoise : *Objet précieux, véritable peinture (Dragon et tigre) faite par Mi pei de Tiang Yang. (Hou-pe.)*

417. — Génies femmes.

Peintures chinoise sur soie, connue soue le nom de Houa Chen (les génies femmes).

Artiste : *Tchao Yong,* de la dynastie Ming (1308-1644).

> Traduction de l'inscription : *Pendant la 2e décade de la 10e lune de l'année King tseu du Grand Empereur Lé, suivant le modèle dessiné par Tcheou Pang, l'homme de la dynastie Tang, Tchao Yong, du surnom de Tchong Mou a peint ce tableau près de la fenêtre Sud du Song tchou Kiu.*

418. — Bonheur et richesse du printemps.

Peinture chinoise sur soie, connue sous le nom de Tch'oueng Ming fou Kouei t'ou (Bonheur et richesse du printemps).

Artiste : *Houang Ts' iûen.*

Traduction de l'inscription : *Au jour faste de la 3ᵉ lune de Ping Chen, Houang Ts' iûen a peint ceci.* (Années 636, 696, 756, 816 ou 876 ap. J.-C.).

Note chinoise : *Objet précieux, véritable peinture (Bonheur et richesse du Printemps), faite par le vieillard Houang Ts' iûen, de la dynastie T'âng.*

419. — Bonheur et richesse.

Peinture chinoise sur soie, connue sous le nom de Fou Kouei T'ou (Bonheur et richesse).

Artiste : *Li-Yû.*

Traduction de l'inscription : *Li Yu, qui a pour surnom Tseu Leang, a fait cette peinture du Bonheur et de la Richesse d'après le tableau de Sin Tch'ong sseu.*

Note chinoise : *Véritable peinture (Bonheur et Richesse), faite par Li Yu, de la dynastie Yûen.* (1280-1368.)

420. — Peinture de Femme Mandchoue.

Peinture sur soie.

Artiste : *Yu Tsi.*

Traduction de l'inscription : *Cette peinture a été faite en l'hiver de l'année Sin Wei (550 ap. J.-C.), par Yu Tsi, dans la Tsiou che (Salle d'automne) de l'Académie des Leang.*

421. — Disciples de Bouddha.

Peinture chinoise sur soie, connue sous le nom de Lo Han (disciples de Bouddha).

Artiste : *Kou Kien Long,* de la dynastie Tsing.

Traduction de l'inscription : *Le 9ᵉ jour de la 9ᵉ lune de l'année Ping Ou, de l'Empereur Kanghi (1656), Kou Kien long de Ou Kiang a dessiné les anciens bonzes dans la tour de Bouddha.*

Note chinoise : *Véritable peinture des Lo Han (disciples de Bouddha) faite par le maître Kou Yien long.*

422. — Disciples de Bouddha.

Peinture chinoise sur soie, connue sous le nom de Lo Han (disciples de Bouddha).

Artiste : *Kou Kien Long.*

Traduction de l'inscription : *En la 9e lune de l'année Ping Ou de l'Empereur Kang hi (1666) Kou Kien long a fait cette peinture avec beaucoup de soin et de respect.*

Note chinoise : *Véritable peinture de Lo Han faite par le maître Kou Kien long.*

423. — Ciel Bouddhique.

Peinture chinoise sur papier.

Artiste : *Tchang Yo Yu.*

Traduction de l'inscription : *Pendant la huitième lune de l'année Hi-tcheou, Tchang Yo Yu de la ville de Ou a peint ce tableau avec grand soin et respect.*

424. — Hilarité.

Peinture chinoise sur soie, représentant deux jeunes personnages, la bouche largement fendue, riant.

Cette peinture porte bonheur à la maison dans laquelle elle se trouve; elle passe pour éviter les disputes et écarter les discussions violentes.

425. — Personnage Impérial.

Portrait d'un personnage barbu, assis sur un trône recouvert d'une peau de tigre.

426. — Jeune femme offrant une branche fleurie, prise dans le vase que tient une fillette, à un noble personnage assis devant elle.

427. — Portrait de Kanwoo, l'Empereur chinois, accompagné d'un serviteur à l'aspect menaçant.

428. — Les trois Bouddhas du Bonheur, de la Richesse et de la Longévité, accompagnés de deux enfants.

429. — Peinture représentant le caractère *Cheou* (Longévité) dans lequel se trouvent représentées de nombreuses scènes à personnages.

430. — Grand panneau tissé et peint, représentant le Dieu de la Longévité et Si Wang Mou, avec des enfants.

431. — Autre panneau tissé et rehaussé, représentant des scènes des Huit génies (Pa Chen).

432. — Autre panneau tissé et rehaussé, représentant le Dieu de la Longévité, accompagné d'un jeune serviteur.

432 *b* — Panneau en drap rouge avec franges, brodé de personnages sur une terrasse fleurie.

DIVERS

433. — Une petite table à ouvrage, en laque, avec couvercle mobile.

434. — Deux assiettes en émail cloisonné japonais, à décor de fleurs et d'attributs.

435. — Un joli paravent à quatre feuilles, en bois dur sculpté et ajouré; la partie supérieure des panneaux décorée d'ornements divers en laque de Pékin, jade, émaux cloisonnés, porcelaines et ivoire.

Joli travail de l'Epoque Kienlong

435 *b* — Quatre panneaux en bois laqué (sud de la Chine), à décor de fleurs et d'oiseaux.

435 *c* — Deux grands panneaux en laque rouge décoré au laque d'or de paysages divers, représentant des temples au bord de la mer, aux pieds de hautes collines.

436. — Quatre peintures chinoises, représentant des personnages impériaux traités avec une grande finesse .

Fin du XVIIIe Siècle

437. — Peinture chinoise, représentant trois des Pa Chen, tenant des attributs divers et causant, sous un pin. Très grande finesse d'expression.

XVIIIe Siècle

438. — Peinture chinoise offrant des divinités groupées dans le ciel : sur terre, de nombreux personnages, dont les génies, sont groupés au milieu des rochers et des arbres, dans des attitudes diverses.

439. — Deux panneaux de meuble, en bois incrusté de nacre, représentant des personnages et des paysages. (manques).

Travail Tonkinois

440. — Album d'aquarelles sur papier de riz, représentant des personnages et des fleurs traitées en miniatures. (10 planches.)

441. — Armure en laque et passementerie : Casque, cuirasse, jambières, brassards.

442. — Grand Kakemono représentant un Empereur assis entouré de dragons impériaux se pourchassant au-dessus de sa tête et formant auréole. Décor très finement exécuté et très riche. Bouts de supports en émail cloisonné.

Fin du XVIIIe Siècle

443. — Une suite de douze peintures contenues dans un coffret, représentant des scènes impériales et guerrières variées.

444. — Un tapis de Perse, Farahan,

4 m. × 2 m. 05

445. — Un tapis de prière, persan, Farahan, fond bleu.

446. — Lots omis.

Fondée en 1900, la "Société Franco-Japonaise de Paris" est, de par l'article premier de ses statuts, un "centre où se traitent toutes les questions dont s'occupent, à un titre quelconque, les japonisants ; artistes, industriels, commerçants, amateurs et savants· Elle favorise le développement des relations sociales entre les Français et les Japonais, en offrant aux résidents et voyageurs français au Japon et japonais en France, l'assistance dont ils ont besoin pour leurs études et leurs affaires.

La Société a pour moyens d'action :

1º. — Des Conférences généralement mensuelles.

2º. — Une Bibliothèque, ouverte aux membres de la Société, tous les Vendredis, de 2 heures à 6 heures. Riche de plus d'un millier de volumes, concernant le Japon, elle comprend notamment : les collections et ouvrages suivants : *La Kokka*, le superbe recueil intitulé *National Temples and their Treasures*; *L'Histoire de l'Art du Japon*, publié par la Commission Impériale ; *Les Transactions de la Japan Society de Londres*; *L'Asiatic Society du Japon*; *Les Mitteilungen de la Société Allemande de Tokyo*, etc.

3º. — Les bons offices d'un Secrétaire interprète, qui se tient également le Vendredi, au Siège de la Bibliothèque, à la disposition des Membres de la Société

4o. — **Un Bulletin trimestriel**, honoré depuis 1906 d'une souscription du Ministère de l'Instruction publique. De nombreuses Bibliothèques publiques, tant en France qu'au dehors, le reçoivent aujourd'hui.

Au cours de ces dernières années, le Bulletin a donné à ses lecteurs la primeur d'un bon nombre d'articles, dûs à des plumes autorisées, concernant les Beaux-Arts et la Littérature du Japon. En voici une liste sommaire :

P. LEMOISNE : Les maîtres de la Gravure japonaise.
RAYMOND KŒCHLIN : Etudes sur *Sharaku, Buncho, Kyonaga, Utamare*, etc.
P. MALLON : Les primitifs de l'estampe japonaise.
E. DESHAYES : L'Exposition rétrospective d'Art japonais à Londres

ISHIKAWA : Une Poëtesse japonaise et son œuvre, Sei Shonagon.
T. MIYAMOTO : Le Nô, drame lyrique du Japon.
TAKIMURA : Esquisse psychologique du peuple japonais.
G MIGEON : Shunku Sugiura.
H. L. JOLY : Introduction à l'étude des montures de sabre.
Marquis DE TRESSAN : L'évolution de la garde de sabre du Japon.
ROGER BRYLINSKI : Ten Ichi Rô, roman historique adapté du japonnis.
CH. LEROUX : La Musique japonaise classique.
A. WESTARP : A la découverte de la Musique japonaise.
ALEX. HALOT : Formose.
R. PETRUCCI : Chroniques archéologiques d'Extrème-Orient.
E. CLAVERY : L'Institut historique de Tokyo.
T. MOLLER : Chroniques des Expositions et Ventes.
H. MYLÈS : Paysages japonais.
H. VEVER : Influence de l'Art japonais sur l'Art décoratif moderne, etc.

Les prochains numéros contiendront des articles, signés des noms qui viennent d'être cités et la suite des chroniques, si appréciées, de MM. R. Petrucci et T. Môller, qui ont bien voulu promettre de continuer leur collaboration.

L'article 4 des statuts dispose :

" Pour entrer dans la Société, il faut être présenté par deux membres et agréé par le Conseil.

Le montant des Cotisations, pour les diverses catégories de Sociétaires, est fixé ainsi qu'il suit :

	Monnaie française	Monnaie japonaise
Membre annuel	15 Francs	5 Yen 80
Membre à vie	150 Francs	58 Yen
Membre donateur	300 Francs	116 Yen

(Exonérant de la cotisation annuelle.)

Prix de l'insigne (facultatif : 12 Francs ou 4 Yen 65).

Sur demande affranchie, adressée au Siège de la Société, Pavillon de Marsan, 107, Rue de Rivoli, le Secrétaire général enverra une formule d'adhésion ainsi qu'un exemplaire des statuts. Il se tient d'ailleurs à la disposition de ses Collègues, ainsi que des personnes étrangères à la Société, tous les vendredis de 2 heures à 3 heures et demie, à la Bibliothèque de cette Société, 59, avenue du Bois de Boulogne (Musée d'Ennery).